无爱的诗歌

刘西英◎著

黄河出版传媒集团
宁夏人民出版社

图书在版编目（CIP）数据

无爱的诗歌/刘西英著. —银川：宁夏人民出版社，2016.12
ISBN 978-7-227-06524-1

Ⅰ.①无… Ⅱ.①刘… Ⅲ.①诗集—中国—当代 Ⅳ.①I227

中国版本图书馆 CIP 数据核字（2016）第 282187 号

无爱的诗歌

刘西英 著

责任编辑	杨敏媛
封面设计	王　稳
责任印制	肖　艳

黄河出版传媒集团
宁夏人民出版社 出版发行

出 版 人　王杨宝
地　　址　宁夏银川市北京东路139号出版大厦（750001）
网　　址　http://www.nxpph.com　　http://www.yrpubm.com
网上书店　http://shop126547358.taobao.com　　http://www.hh-book.com
电子信箱　nxrmcbs@126.com　　renminshe@yrpubm.com
邮购电话　0951-5019391　5052104
经　　销　全国新华书店
印刷装订　四川金邦印务有限公司
印刷委托书号　（宁）0003359

开本　880mm×1230mm　　1/32
印张　7.5　　　　字数　160千字
版次　2016年12月第1版
印次　2016年12月第1次印刷
书号　ISBN 978-7-227-06524-1/I·1714
定价　50.00元

版权所有　侵权必究

笔下风吹雨　诗中浪翻江
——读刘西英诗作杂感

叶延滨

有机会读到陕北高原刘西英先生的诗作，十分高兴。朋友荐来刘西英的诗稿，说这是一位在延安工作的诗人。这让我立马有了一种亲近感。陕北高原那是留下我青春记忆的地方，高天厚土，青天明月，一层层的阳光洒在这片高原上，积成金色的山峁。在这块高原上，我生活的年代，那些比泥土还要朴实的农民，把自己称作"受苦人"，他们最自豪的能耐就是"能受苦"！俯下身子，让春色染绿荒原，伸直脊梁，能把天捅个窟窿。读刘西英的诗，我的脑子里就出现了以上的画面。这是一个在陕北高原上，为生息在这片土地上的人们歌唱的诗人，他的诗让我们看到一个与高天厚土十分亲近的诗人，一半是书卷气十足的书生意气，一半的高原汉子的自信旷达。在他众多的作品中，有几类诗作引起了我的兴趣，我以为也是他作品中较为成熟和呈现诗人才华的部分：人文山水，情爱草木，禅悟人生，形象诗学。

首先说人文山水。在诗人刘西英的笔下，天高云淡，山河壮美，这些山山水水经过诗人的笔再现出来，自有另一种姿态，不一样的风采。《望黄河》不长，却气势宏大，撼人心魄:"天地有愁/愁成天下黄河/九十九道弯//人间有怨/怨做一河黄水/一流流过五千年//若有鬼神/请把九曲黄河/一把拉成一条线//若有圣人/请让一河黄水/一朝变得碧浪翻……"一节三行,总共四节,以九十九道弯的黄河,写尽了天地之愁,人间之怨,发问鬼神,思怀圣人,全诗将愁、怨、曲、直、清、浊与天、地、鬼、神、圣、人,全融于黄河这个宏大的意象中,虽还有些突兀,却让我们看到在黄河这个大意象里,蕴含丰富的民族情感,也在诗人望黄河的过程中,看到诗人胸中奔涌的激情。再如陕西黄陵县黄帝庙生长着一棵古柏,名曰挂甲柏,相传曾为汉武帝刘彻挂甲所用。其上多钉痕,斑斑驳驳,俨然鳞片。而诗人写下《题挂甲柏》,却另辟蹊径写道:"一个钉子钉下去/又一个钉子钉下去//有一个帝王/便有一页历史//有一个帝王/便有一个钉子//中国的每一个帝王/都是一个钉子//中国五千年的历史/因此被钉得伤痕累累……"诗人十分巧妙地将挂甲这个动作延伸为钉子象征君王,钉钉子象征君王们书写的历史,将漫长的中国历史以一个诗人的视角重新解构,让读者从中领悟其中的深义。这些诗作中,诗人的人文情怀与山水景色融为一体,产生新的意象并得到新的意趣。诗篇精短,意涵深邃。

再说情爱草木。人文山水是诗人将人文情怀与山水融为一体产生的新的意趣。而情爱草木,是诗人将自己的情感投射到外界的一草一木之上,从而产生了一种富于情感光彩的诗美。"在没有草的季节看草原/我从牧羊人的眼里/看到了一群羊的忧伤/于是巴不得将自己对草原的/所有向往/都顷刻变成一地草场/让所有的牛羊把我吃光/然后变得膘肥体壮。"这首《在没有草的季节看草原》也就让读者在没有草的草原上，看到了诗人那一腔深情。这里情感找到寄托，变成了草原上的草。而在《家乡的山桃花》这首诗里，却将更为复杂的对母亲的思念寄托于山桃花："那一大片一大片盛开的山桃花/曾是母亲最关注的/别看她不识字，每年春天/她却能凭着自己的感觉/在一方纸上/准确地标出它们的位置……"这首《家乡的山桃花》将诗人对母亲的深爱和怀念，都投射到故乡的山桃花上，移情于物，而这物又是富于山乡象征的山桃花。这是中国诗歌传统中寓情于物的艺术手法，眼下追时髦的写手早就忘了这一传统，然而这是诗歌的基本元素，借刘西英的诗歌，我们也重温了传统之美。

　　三是诗人禅悟人生。从古至今，写不尽的诗歌，说不尽的人生，七情六欲，酸甜苦辣，一代人又一代人的悲欢故事，然而这些故事都引发诗人去思考人生的意义。如果人生的意义真的有大师一语道破，那么到现在还没有这样的大师，如果哲学家真的找到了生命的真谛，那么现在的大学统统应该关门。诗人对生命意义的追索，在西方诗学门徒笔下，变成玄奥晦涩的朦胧，说不清，道不明，如在云雾中。而在东方哲人笔下，巧取佛教接近生活的禅修，启迪心智，使人生得到感悟、启示且又无法用言语道破，其中的意蕴情趣，使人更加热爱生活："也许是草木把世界理解成了草木/所以才成为草木/也许是江河把世界理解成了江河/所以才成为江河//也许是星星把世界理解成了星星/所以才成为星星/也许是云朵把世界理解成了云朵/所以才成为云朵//还有山川，还有日月/还有高尚，还有卑劣//我没有强者理解的那么强/也没有弱者理解的那么弱/我是把世界理解成了不止我一个/所以才有了我/并且有了这世上的一切……"诗人在这里写得好像有点绕，但认真分析这些诗句，这首短诗涉及自我确认的困惑与自我确认的意义，由浅入深，由外物入内心，虽然这类诗写得尚还青涩，但禅悟之道确实是诗歌写作一条多彩并充满惊喜的道路。

刘西英不仅写诗，也对诗歌发表了不少自己的见解，我想这与他本职做编辑工作，同时也在编一本民刊不无关系。有的诗歌论者谈诗越谈让人越糊涂，而刘西英却在谈诗中以形象感人，以形象表明自己的看法，读来让人心悦诚服。《我就想发明一台读诗的机器》就写得生动幽默："就像榨汁机/并且可以浆渣分离/这样/我就可以把所有的诗集和杂志/一捆一捆地扔进去/然后看能榨出多少香醇的果汁/同时挤出多少渣子/从此，不仅可以省下阅读那些破诗的/时间……"刘西英这里是想说明去除非诗的杂质，形象生动。同时他也让我想起另一个话题，诗歌是鲜活而有汁液的，这汁液能滋润心灵。那些干巴生硬的假货，无论有什么包装都不是诗。

人文山水，情爱草木，禅悟人生，形象诗学，从这四个方面让我对刘西英的诗歌充满了信心，也充满了期待。多原色多角度面对世界进行书写，使我看到刘西英所具有的才华与禀赋。也许是性格原因，诗人许多直抒胸臆的"言志"，常常打破了诗歌的韵味，像在优美的信天游咏唱中，冒出秦腔吼了一嗓子。诗人痛快了，有时诗味被冲淡了。诗人要率真，要有真性情，同时也要看到，诗歌的写作也是一门枝艺，艺无止尽。陆游有诗"夜阑卧听风吹雨"。黄庭坚有诗"梦成风雨浪翻江"，借两位大诗人诗句寄语诗人刘西英。站在陕北高原上的诗人刘西英，笔健身正，正值创作的好年华，祝愿他笔下将有新高度，也会给读者新佳作！

2016年冬于北京

叶延滨，现任中国作家协会诗歌委员会主任。中国诗歌万里行常务副主任，中国诗歌学会副会长。曾先后任《星星》诗刊主编，北京广播学院文学艺术系主任，中国作家协会《诗刊》主编。中国作家协会第六、七、八届全国委员会委员。

迄今已出版个人文学专著48部，作品自1980年以来先后被收入了国内外500余种选集以及大学、中学课本。部分作品被译为英、法、俄、意、德、日、韩、罗马尼亚、波兰、马其顿文字。代表诗作《干妈》获"中国作家协会优秀中青年诗人诗歌奖"（1979年—1980年），诗集《二重奏》获"中国作家协会第三届新诗集奖"（1985年—1986年）。还有诗歌、散文、杂文分别获四川文学奖、十月文学奖、郭沫若文学奖等50余种文学奖。

刘西英诗歌：诗歌只生长在诗人的心智上

简 明

海伦·加德纳认为："悲剧诗人的灵感，来自于人类有能力理解历史经验之世界的信心，这和试图通过假设和实验来发现物质世界规律的精神是一致的。"尼采认为："在悲剧中所感到的形而上的快乐，它使我们看到个别存在的怖畏。"

刘西英诗歌具有悲剧品质。刘西英捕捉形象的身手极其敏捷，以深刻洞察时弊、透视人生苦难见刃，诗中常有让人心颤的点穴神来之笔。如直击城乡现代化改革与建设的《被盖上楼房了》：本来该建广场的地方/本来该留通道的地方/本来该建学校的地方/本来该修厕所的地方/都被盖上楼房了//如果我们挡不住这世界的疯狂/就让我们挡住那疯狂的欲望/如果我们挡不住这利益的疯狂/就让我们挡住那疯狂的楼房。

《被盖上楼房了》贴近社会生活现状，极端真实又极端象征。刘西英的真实，不仅仅是现实真相，揭露真相不是诗人的工作；刘西英的真实，是对事物因果关系的幽微洞察，是剥离真实与真相之后的深刻觉悟。"可是，假如我们什么也挡不住／那就等楼房倒掉／把我们砸伤／／。"活生生的现实写照，入木三分的思考和告诫，使这首诗充满思想的力量。

《榆树母亲》是另一种情绪的深入，通过母亲与槐花的对比，通过一个一个特定镜头，上演了一场凄楚的人间悲剧，揭示了命运的不公、无情，还有温暖与善良，表达了诗人无奈的同情和感怀：最困难的时候／她甚至砍倒了自己／剥下树皮让我们充饥／就如同最寒冷的日子／她在我们身上／披上她的棉衣／温暖了我们／却冻坏了自己。

《榆树母亲》与《家乡的山桃花》同为现实主义作品，同为母亲，同样表达热爱，同样直抒胸臆，但风格迥异，《榆树母亲》可称作新写实，而《家乡的山桃花》则是传统样式的抒情。刘西英诗歌，具有像生活一样朴素的品质，根基扎实，脱俗而无匠气。刘西英还有大量的写陕北乡村的作品，带着浓郁的黄土味。我注意到刘西英创作上的勤奋和自觉。勤奋对诗人而言是一把双刃剑。因为归根到底，诗歌只生长在诗人的心智上，勤奋才是王道。

目 录

笔下风吹雨　诗中浪翻江/ 叶延滨 / 1
刘西英诗歌：诗歌只生长在诗人的心智上/ 简　明 / 6

第一辑　有多少记忆与苦难有关

有多少记忆与苦难有关 / 3
我本有一个古老的故乡 / 4
家乡的山桃花 / 6
好大一个家（组诗）/ 8
又一代人 / 12
写在女儿22岁生日 / 13
告诉你我活得很幸福 / 14
清明雨 / 16
远去的村庄 / 17
土窑的记忆 / 19

失落的村庄 / 21

挂在墙上的乡愁 / 23

中秋月 / 24

也说乡愁 / 25

第二辑 中国结

中国结 / 29

望黄河 / 31

壶口瀑布 / 32

茅台传奇 / 33

题挂甲柏 / 34

琉璃塔前的深思 / 35

登华山有感 / 36

太和庙抽签 / 37

康巴汉子 / 38

在滦州 / 40

于家石头村随想 / 41

赵县感怀 / 42

在没有草的季节看草原 / 43

康定肉石头（之一）/ 45

康定肉石头（之二）/ 46

太行山怜农 / 47

乌镇，一个神仙居住的地方 / 48

与一首诗有关的故事 / 50

长白山天池 / 52

天涯海角 / 53

第三辑　无爱的诗歌

无爱的诗歌 / 57
给陈天华 / 59
望江 / 60
城市里的小鸡 / 61
路的困惑 / 63
瞬间意识 / 64
盼望一场大雪 / 65
希望 / 67
有关命运 / 69
走过去 / 71
好好活着 / 73
一世的祈祷 / 75
这片土地 / 76
在海边 / 77
在海上 / 78
冬至 / 79
过年 / 80
石磨 / 82
拉磨的毛驴 / 83
陶瓷 / 84
关于粽子 / 85

第四辑　假如有一天我突然死了

假如有一天我突然死了 / 89
愿天堂有一件保暖的衣裳 / 92
当代四奇案（组诗）/ 95
有感于我们的城市改造 / 98
从玻璃大楼下走过 / 99
等楼房倒掉把我们砸伤 / 100
我其实就是那片曾经年年生长粮食的土地 / 101
我住在廉租房里把世界想得遍体鳞伤 / 103
谁能把我们的名字也写进历史 / 104
我吃着自画的馅饼进入小康 / 107
十八楼的老鼠 / 109

第五辑　仰望李白

仰望李白 / 113
我珍爱我的赞美胜过金钱 / 115
无名花草 / 116
诗的思想 / 117
西北风宣言 / 118
致十五的月亮 / 119
异样的 / 121
只我例外 / 122
努力长成一棵大树 / 123
煤 / 124

天蝎座／125
玉／126
山海棠／127
对溶洞的另一种解读／128
历史或者与众不同／130
存在／132
悟禅／133

第六辑　哭泣的诗歌

哭泣的诗歌／137
我是一台诗歌转换器／138
想起写诗／139
梯子上的人／140
关于炼词／141
选择写诗是个错误／142
刘氏定理／144
我想发明一台读诗的机器／146
我们连个脑瘫的女人都不如还狂什么狂／148
我想发动一场诗的核战争／150
写怎样一首诗才能惊天动地／152
讨论诗歌韵律时我正在接一桶泉水／154
做饭做出来的诗歌／155
能写诗说明你活得很幸福／157
爱我就请离开我／161
我要在延安打一场中国新诗保卫战／163

第七辑　延安断想

延安断想 / 167
一切反动派都是纸老虎 / 169
去枣园，去看毛泽东 / 171
主席住过的窑洞 / 173
小青马传奇 / 175
主席住过的村庄 / 177
主席塑像 / 178
致延河 / 180
延安，我来到了你的怀抱 / 182
跑马梁随想 / 184
谒刘志丹陵 / 185
刀枪说 / 186
狼和羊新解 / 187
马蹄声声 / 188
山丹丹 / 190

第八辑　请让我用一生的时间来把你遗忘

请让我用一生的时间来把你遗忘 / 195
给所爱 / 197
爱情是个圆 / 198
爱的领地 / 199
等 / 200
爱你 / 202

心的花园／203

致太阳／204

思念／205

槐林意象／206

河的诉说／207

别／208

天鹅的故事／209

角色／210

花树的心思／211

情人节寄语／212

因为爱／213

懂你／214

烂漫／215

另一种富翁／216

爱是不会忘记的／217

第一辑

有多少记忆与苦难有关

虽然现在我离它很远
但生我的故乡终生难忘

——摘自刘西英《我本有一个古老的故乡》

有多少记忆与苦难有关

母亲生于战乱年代
长在山东
曾被日本鬼子追杀
也曾因捡落花生被押着游行

晚年,她在陕北一个小山村去世时
胳膊、腿都肿得很粗
手一压,就是一个深深的坑
但是她拒绝住院
所以到死都没有查出病情

我本有一个古老的故乡

我本有一个古老的故乡
那是圣人出生的地方
悠久的历史，灿烂的文化
记录了先辈无上的荣光

我本有一个传奇的故乡
那是好汉聚居的地方
一部水浒传，一百单八将
树起多少英雄的形象

我本有一个美丽的故乡
那是红高粱生长的地方
抗日的爷爷，传奇的奶奶
是他们的鲜血染红了高粱

我本有一个诗意的故乡
那是风筝飘飞的地方
小小的风筝，长长的线绳
多少次把我的思绪牵向远方

我本有一个平坦的故乡
那是牵魂萦梦的地方
虽然现在我离它很远
但生我的故乡终生难忘

家乡的山桃花

那一大片一大片盛开的山桃花
曾是母亲最关注的
别看她不识字,每年春天
她却能凭着自己的感觉
在一方纸上
准确地标出它们的位置

这是母亲独创的地图
也是夏天采摘时
我们参照的图纸
母亲不知道什么是导航
但靠它引路,我们从未闪失

那是一些困难的日子
家里一年的零用
差不多全靠大山的恩赐
体弱的母亲因为上不了山
所以总是显得比我们还急

一年一度烂漫的山桃花
曾带给我们无限的欢喜
母亲通过山桃花预知年景
在年复一年的期盼中
用指头掰完了所有清贫的日子

母亲去世后
我们把她埋在了山下
希望她仍能看到年年的花事
但是因为没有了母亲的指引
我们却再也找不到丰收的位置

好大一个家（组诗）

石匠父亲

父亲把一生的劲
用在一把锤头上
锤头把一生的劲
用在一把錾子上
錾子把一生的劲
用在一块石头上

于是，我看到
石头把錾子伤了
錾子把锤头伤了
锤头把父亲伤了

当城墙砌起
宫殿砌起
父亲呀

我该到哪里去寻找
你的荣光

榆树母亲

有人说
陕北旮旮旯旯里
那些开着朴实花朵的
洋槐树
就是陕北的女人
可我觉得
我的母亲并不比
槐花美丽
倒是小时候
母亲在榆树上采榆钱
给我们吃的情景
常常让我觉得
她更像一棵榆树
不仅给子女奉献了所有的
榆钱
最困难的时候
她甚至扳倒自己
剥下树皮让我们充饥
就如同最寒冷的日子
她在我们身上

披上她的棉衣
温暖了我们
却冻坏了自己

麦秸兄弟

把头割了
留下秸秆
盖在房顶
可以遮风挡雨
铺在炕上
可以抵挡寒气
就是打成碎屑，粉身碎骨
和进泥里
垒进墙里
仍然手手相挽
像长城一样
把家园守护

花开姐妹

姐姐块大
像牡丹，雍容华贵

妹妹娇小
似腊梅，迎风摇摆

有人说
一娘生九子，九子九个样

我说，不论她们像什么
一年四季
我们家都有花开

又一代人

父母给了我们兄弟姐妹
我们却
要么没儿，要么没女

那些有儿有女的
本来大都是时代的罪人
但我们却对他们
充满羡慕

写在女儿 22 岁生日

呵护你 22 年
只希望你健康地长大
并像花园里的花儿
总是灿烂地开花

我们不在乎你
开出的花是红是紫
是否如天边的云霞
一样美丽

我们只希望
不论风里,还是雨里
你总能平安地绽放
而这平安
对父母而言
已胜过
任何奇迹

告诉你我活得很幸福

从山东到陕西
从一望无际的平原到坎坎坷坷的黄土地
虽然我一路向西
逐渐远离了太阳升起的地方
但是我可以告诉你，我活得很幸福

从懵懂无知到一大把年纪
从孤家寡人到有女有妻
虽然这辈子可能再等不上去生个儿子
但是房子车子我都有了
我只能说我活得很幸福

不懂得忧伤的时候没有忧伤
就像分不清是非的年代没有曲直
现在，别说功名利禄
就连生离死别我都看开了
你说，我怎能说我活得不幸福

天空朗朗，芳草萋萋

人来人往，生生不息
虽然在这个伟大的世界上
没有几个人能认得渺小的我
但我情随心动，心随云飞
我没有理由说我活得不幸福

清明雨

这是一年四季
最伤心的一场雨
也是古往今来
最公平的一场雨

它既淋帝王
也淋布衣
将高贵和低贱
同时打湿

远去的村庄

坍塌的土窑
曾是祖辈耕耘的天堂
山高皇帝远的年代
任凭外界怎样兵荒马乱
他在这里守着老婆与热炕
完成了一生平安的梦想

荒凉的石窑
曾是父辈创业的地方
他凿山为石，垒石为洞
用一生的苦力
延续祖辈一生的希望
为子女留下了富足的梦想

可是，在窑洞里长大的孩子
却离开了他们的村庄
父辈为他们创下的家业
被毫不可惜地遗弃在远方
至于在外边活得好或不好都没有关系

仿佛活在城市就是他们最大的荣光

他们不知道城市的荒凉
不知道在城市播下的种子
未必能像庄稼一样生长
他们也不知道村庄的忧伤
不知道村庄给他们留下的印记
会像标签一样永远贴在他们身上

土窑的记忆

这是我曾住过的土窑
但我不知道它是否已坍塌
窑背上的芳草
不知道还是不是年年发绿
院子里的槐树
不知道还是不是年年开花

这是我曾住过的土窑
土窑里有我睡过的土炕
天冷的时候
不知道还有没有人把它烧热
天热的时候
不知道还可不可以躺下乘凉

还有窑面裂缝里住着的麻雀
不知道今年是否又把小鸟孵下
还有窑前那条清清的小河
不知道现在是否还能捉到鱼虾

还有生我养我的亲娘
她是不是还对我放心不下
还有打我骂我的亲大
不知道他是不是还让我去闯荡天涯

土窑的记忆是童年的记忆
这辈子的财富
就是与土窑有关的童话

土窑的记忆是生命的记忆
今天不论走到哪里
都觉得从未离开过它

失落的村庄

虽然机器可以把石磨代替
但城市永远替代不了村庄
就像最现代化的流水线
虽然可以做出各种商品
却永远生产不出五谷杂粮

农村人在土地上种庄稼
城里人在土地上盖楼房
庄稼的高度永远比不上楼房的高度
但楼房永远靠庄稼喂养

当楼房的暴利胜过庄稼
当在城里打工胜过种粮
当乡下人都挤进城市
当城市的规模一再扩张

不知道
三十年河东三十年河西的日子
还会不会出现

不知道
城里人往乡下跑的日子
还会不会很长

挂在墙上的乡愁

当床被装在车上时
人也就被挂在墙上了

当人被挂在墙上时
乡愁也就被挂在墙上了

火车上,我看到
那些被挂在墙上的人
觉依然睡得很香

为什么?是因为
他们人虽在外地
心已回故乡

中秋月

一年有十二个月亮
十二个月亮中你最圆,也最亮

品你的圆,有多少人心碎
看你的亮,有多少人断肠

没有经受过残缺的人
不知道的团圆幸福

没有经历过别离的人
不知道相思的滋味

有多少双泪眼在今晚看你
蓝天的青巾只接住这一滴

你说是你的,我说是我的
原来这一滴思乡的泪呀

是你的,也是我的
是你和我的泪凝成的一体

也说乡愁

如果躯体有故乡
那一定是他
出生的地方
如果灵魂有故乡
那一定是他
离开的地方

容纳躯体的家
再远都可以回去
离开躯体的灵魂
也许只能在外边
流浪

第二辑

中国结

九曲十八弯的形象
是一个梦的形象
四大洋里搏击
七大洲中挺立
民富国强是我们永恒的情结

——摘自刘西英《中国结》

中国结

九曲十八弯的形象
是一条路的形象
五千年的中国
五千年的长路
它比哪条路都来得坎坷

九曲十八弯的形象
是一条河的形象
一万里的黄河
一万年的穿越
比哪条河都波澜壮阔

九曲十八弯的形象
是一颗心的形象
二十三个省份
五十六个民族
它比任何时候都变得和谐

九曲十八弯的形象

是一个梦的形象
四大洋里搏击
七大洲中挺立
民富国强是我们永恒的情结

望黄河

天地有愁
愁成天下黄河
九十九道弯

人间有怨
怨做一河黄水
一流流过五千年

若有鬼神
请把九曲黄河
一把拉成一条线

若有圣人
请让一河黄水
一朝变得碧浪翻

壶口瀑布

这不仅仅是一条河
这是一个人一生的缩写
有时清澈　有时浑浊
有时浅吟　有时高歌

这不仅仅是一条河
这是一个民族历史的缩写
源远流长　历尽坎坷
百折不挠　不断跨越

这不仅仅是一个瀑布
这是壮美人生应有的气魄
走过险途　他的道路从此宽广
几经碰撞　他的灵魂不再羸弱

这不仅仅是一个瀑布
这是伟大民族的一个转折
挣脱羁绊　它的脚步不可阻挡
自强不息　它让世界为之惊愕

茅台传奇

据说,一百多年前
在巴拿马
一瓶被摔碎的茅台酒
因为迸发出一种特殊的中国香
就像现在的中国梦
一下就震惊了世界
陶醉了全场

而当那些黄头发,蓝眼睛
就此记住那种特有的中国香时
其实,他们不知道
他们已经成为中国的败将

当然
那是一个没有硝烟的战场
打赢战争的也不是刀枪
它是酿造了五千年的东方文明
只需轻轻一咂
中华民族的血脉就会在他们身上
汩汩流淌

题挂甲柏

陕西黄陵县黄帝庙内有一古柏,名曰挂甲柏,相传曾为汉武帝刘彻挂甲所用。其上多钉痕,斑斑驳驳,俨然鳞片。

一个钉子钉下去
又一个钉子钉下去

有一个帝王
便有一页历史

有一个帝王
便有一个钉子

中国的每一个帝王
都是一个钉子

中国五千年的历史
因此被钉得伤痕累累

琉璃塔前的沉思

中国有太多太多的碑
太多太多的碑
刻了太多太多的光荣

中国有太多太多的塔
太多太多的塔
留了太多太多的空洞

中国只有一块无字碑
一块无字碑
活了百年千年还郁郁葱葱

我只见过一个塔没有洞
没有洞的塔的意思
是要人们站在外边
用想象抒情

登华山有感

不打开一扇窗子
不知道天地的奥妙
不登上一个台阶
不知道自己的渺小

不经历一次平庸
不知道什么叫挺拔
不感受一次卑鄙
不知道什么是崇高

太和庙抽签

没有钱
我有心
先生说——
不行

于是
我懂了
没有钱的心
一律不成

康巴汉子

就像江南出产稻米
东北生长高粱
在康巴这块贫瘠的土地上
只生长这么一群
粗犷的儿郎

如果不去品味
也许你能闻见稻米的清香
也能想象火红的高粱
但是，如果不曾深入
对康巴这群汉子
你就永远不懂他们特有的欢乐和
独特的忧伤

说什么敦厚善良
说什么热情奔放
说什么执着坚韧
说什么侠义心肠
对他们而言

如果用一千个词来形容
那就是一千种硬伤

走近吧，再走近
除非你走进他的眼睛
走进他的心房
除非沿着他走过的脚印
走到他出发的地方

在滦州

曾经驾临过多少封建帝王
这不是我所关心的
因为爱江山也爱美人的帝王
都不止在一个地方留下印记

曾经创造过多少中国第一
也不是我所关注的
因为天下兴亡匹夫有责的古语
都不止让一代儿女励精图治

在滦州的桨声灯影里
我只关注两个女人
一个居庙堂之高能安邦治国
一个处江湖之远敢伸张正义

虽然戏剧已经把她们演绎
皮影里也有她们的故事
但我还是希望
萧燕燕不仅仅是一页历史
杨三姐也不仅仅是一段传奇

于家石头村随想

如果这世上
还有一块石头是忠心耿耿的
那么,我想这块石头
一定就在这个村子

它应该出自深山
经历过千凿万击
还经受过烈火焚烧
但都能等闲视之

它的清白
应该写在脸上
它的正气
应该刻在骨里

遗憾的是
在于家石头村
我既怕找不到这块石头
找到了
也不知道该把它带到哪里

赵县感怀

古人的心太实
所以即便用石头
也能创造出人间奇迹
金字塔是
长城是
赵州桥也是

今人的心太虚
所以即便用钢筋水泥
也会制造出一些败笔
希望工程是
安居工程是
赈灾工程还是

我常常思考为什么
人心不古
今天在这里
总算找到一点蛛丝马迹

在没有草的季节看草原

我不知道
北方的夏天发育得迟
它的美
整整比南方迟了一季
所以,在康保看草原时
我没有看到绿绿的草
只看到了与草原有关的
一些想象

一望无际的草原
这时还是一望无际的荒凉
纵使策马扬鞭
也只能放牧自己的思想

但是
在没有草的季节看草原
我从牧羊人的眼里
看到了一群羊的忧伤
于是巴不得将自己对草原的

所有向往
都顷刻变成一地草场
让所有的牛羊把我吃光
然后变得膘肥体壮

康定肉石头（之一）

我不知道它与肉
有没有关系
也不知道这种存在
算不算一种奇迹
但是我相信
一块别样的石头
一定有它别样的身世
幽蓝，或许与海水有关
赤红，或许经过火烧雷击

如果能够还原天荒地老
我一定能寻着它的来路
去揭开这其中的奥秘
但是，如果它的身世
注定无法为人所知
那我会由人及物
去推测一些相似的道理
比如——
从众者自然平庸
独行者大多特立

康定肉石头（之二）

真希望那些长得
像肉一样的石头
能够飘出
肉一样的芳香

这样
我就可以肉代菜
而不是以菜代粮
在一个远离贫穷的地方
大碗喝酒
一直喝到地老天荒

若是不醉
我会永记我的故乡
我的亲娘
若是醉了
就让我永栖蓝天之下
草原之上
把一切遗忘
不仅卸下自己的哀愁
也不再关心人类的悲伤

太行山怜农

如果说牛适合土地
适合耕耘
那么驴一定更适合山路
适合负重

而拉纤式的耕耘与
承载式的负重
其实也都是一样的

就像今天的农民与农民工
虽然换了位置
改了称谓
但他们都靠苦力生存
是真正的牲灵

乌镇，一个神仙居住的地方

如果没有人能给你想象
让你想象出天堂的模样
那么，也就不妨把乌镇当作天堂
当作神仙居住的地方

如果神仙是一位美女
她一定喜欢对水梳妆
出入一定荡一叶小舟
唉乃声里一定有浅吟低唱

如果神仙是一位帅哥
他一定喜欢水街边的酒坊
就白水鱼，饮三白酒
醉了，一定会醉得诗意流淌

当然，天堂里一定还有垂髫少年
不过现在他们很少吵吵嚷嚷
学习之余，他们会安静地蹲在一个角落
把电脑玩得叮当作响

当然，天堂里一定还有黄发老者
不过现在他们已不再炼丹焚香
锻炼之余，他们会在门前摆一个小滩
把一些特产和传说卖到远方

与一首诗有关的故事

有钱在哪里都是天堂
没钱在哪里都是地狱

第一句是一个老人说的
时间是 2016 年夏天
地点是苏州的一个游园

那是一个雨天的傍晚
我在游园外等一个伙伴
门口一个卖乌梅的老人
急于把最后一点卖完回家
几次对我说那是他地里的特产

那天的雨淋湿了我的游兴
我只是在等人时与他聊天
他说他家就在离城不远的地方
一年全靠半亩乌梅来换取柴米油盐

说起上有天堂下有苏杭

老人不由地发出一声长叹
他说，有钱在哪里都是天堂
一下子让我对他刮目相看

我在后边附上一句对他进行安慰
同时买下所有乌梅分与同伴
我知道他不是杜公笔下的卖炭翁
但却希望这个故事能传得很远

长白山天池

江河随波逐流
注定被尘世污染
湖泊清白不够
注定要受到牵连

大海一边藏污纳垢
一边无奈自我净化
我于是选择另一种姿态
试着与它们一较高下

假如有人能读懂
就让我臣服于他
假如无人能看清
就让他拜倒在我脚下

天涯海角

什么样深厚博大的思想
不可以包含于
朴朴实实的风景

什么样惊天动地的人生
不可以平息在
淡淡然然的潮起潮涌

偏偏
越是刻骨铭心的大爱
越是显得平平静静

越是功利平庸的感情
越是越被装饰得
地动天惊

第三辑

无爱的诗歌

有谁能够理解
你希望大乱的心
其实是对大治的期待

——摘自刘西英《给陈天华》

无爱的诗歌

爱过一千年
再爱过一万年
爷爷在爱中死了
父亲在爱中老了

奶奶和母亲的爱
加在一起留给我
我却
不会爱

不会爱
不是不爱爷爷的广大
不是不爱父亲的辽阔
不是不爱奶奶的勤劳
不是不爱母亲的温和

不会爱
是不爱扎根在悠久历史中的愚昧和贫穷

是不爱生长在文明古国里的卑下和粗野
是不爱凝结在黄皮肤上的虚伪和腐败
是不爱闪烁在黑眼睛里的脆弱和单薄

给陈天华

决定蹈海
以惊天动地的方式
蹈海自杀
那是有家不能回的无奈

如果勤劳善良的母亲
不能给儿女有力的爱
那她的儿女
就不可能不受到伤害

好活的人不会去想死
爱够了恨才会来
——如果不能大治
不妨让它大乱
有谁能理解
你希望大乱的心
其实是对大治的期待

望 江

看看滚滚而下的江水
也许才会知道
什么是世风日下

想想逆流而上的勇士
也许才会明白
什么是九死未悔

自从一个醒着的大夫
投江而去
人间少了投江的诗人

自从一个醉着的后主
以江咏愁
中国多了无能的帝王

城市里的小鸡

城市里的小鸡没有家
卖鸡的人
大都守在学校门口
用小鸡的叫声吸引孩子
然后让大人买了去
供孩子玩耍

城市里的小鸡没有家
那些供孩子玩耍的小鸡也长不大
城里人买它的时候
大都没有意识到
那是一个鲜活的生命
他们脑子里有的
是它们甚至比一个没有生命的
塑料玩具更加廉价

城市里的小鸡没有家
如果遇到哪个从乡下来到城里的老人
坚持用笼子圈起来

把它养大
那就成了城市的神话

城市里的小鸡没有家
其实,那些小狗小猫等宠物
也只能供人们玩耍
得宠的时候
也许能享受锦衣玉食
但我们见到的
却常常是在大街上流浪的
它

路的困惑

蜘蛛的网
落在地上
这就是路
人因比蜘蛛高明
又把它结构成
立体层次

每个目的都体现为路
每条路都通向目的
路不断增加
格子越来越密
当眼孔最终消失
人也就变成蜘蛛
自己窒息

瞬间意识

楼是愈日长高了
心原上那孤寂的草
怎么也愈日拔高

一个人走路的时候
可以尽情地欣赏自己

两个人同行时
还可以揣摸些秘密

再有一个人从对面走来
世界便荒芜了

在人群汇成的河流中
我，认不出自己

盼望一场大雪

就像大旱之年
农民苦盼一场大雨
今天，数九严寒天里
我们盼望一场大雪

本来　夏雨冬雪
是很自然的事情
可是不知从什么时候起
下一场大雪
却成为许多人的一种奢望

当看到外边许多地方
雪下得很大，甚至成灾
我们这里却更多的是雾霾
那种对于雪的渴望
也就有了悲壮的色彩

当现实中的雪越来越小
记忆中的雪就越下越大

同时那些与雪有关的寒冷记忆
一下子变得温暖起来

有没有人能解释
这冬天为什么不下雪
有没有人能解释
这不下雪的冬天
是不是给我们带来了更大的伤害

其实,无雪的冬天
最可怜的还是我们的孩子
将来,他们不仅少了对雪的回忆
更少了与大雪有关的故事

希 望

据说远处有希望
找到　采来
可吃　可用　可分享
许是禁不住这梦的
诱惑
他最先走了
一走
便是许多年如锯的时光
在这锯声中
你也去了
去找他
连同他所寻找的希望
只是你的去
也如他
如秋叶落地
没有声响
后来
我也要去时
从远处来了两个人

说来这里寻找希望
于是
在去与留之间
我犹豫了
走　怕失望
留　太忧伤

有关命运

想我若站在古长城上
我飘飞的思绪
一定会在历史中
激起波澜

想我若坐在帝王的宝座上
我旷世的才华
一定会使世界
地覆天翻

可惜,我什么也不是
哪里也不能去
我只在某些时候
偶尔吐吐狂言

古人留下了太多的珍奇
太多的珍奇早已被后人侵占
后人也创造了不少珍宝
可惜永远离我很远

每天我只能生活在一片
小小天地
小天地里避不开的人和事
塞满了我的双眼
我是连天天想的清福都没有的
我只能偶尔说一声
我不简单
我—不—简—单

走过去

踏着一条坎坷的路
走过去 走过去
我想看看路的终点
是有草地
还是有蓝天

沿着一条弯曲的河
走过去 走过去
我想探清河的源头
是在山下
还是在峰巅

向着一个美好的梦
走过去 走过去
我想知道梦的里面
是有苦涩
还是有甘甜

风吹来了

吹来了就抹去我的足迹吧
我不会计较

水流去了
流去就带走我的身影吧
我不会遗憾

梦破碎了
破碎就把我抛到痛苦中吧
我不会悲观

走过去
我只是要走过去
纵然走不到路的终点
纵然见不到河的源泉

走过去
我必须要走过去
哪怕只走到河的中间
哪怕跌倒在梦的边沿

走过去
我一定要走过去
成败留给自己
抑扬留给明天

好好活着

就是因为
再好的人生
也总有不测
未来的某一时
既不代表过去某一时
也不代表现在的某一刻
甚至
曾经拥有的和已曾拥有的
有时也不能代表什么
所以,人们呀
为了这些
请好好活着

就是因为
再坏的人生
也总有些风景
过去某一时
既不代表现在的某一时
也不代表未来的某一刻

甚至
正经的失败和曾经的失败
有时也不能说明什么
所以，人们呀
为了这些
请好好活着

一世的祈祷

如果笃信上帝
可以实现自己的夙愿
我愿以一生的幸福为代价
对上帝奉献我的忠诚

一盼这世上没有战争
全世界成为一个家庭
当朝者不为功名打打杀杀
掌权者不为一己草菅人命

二盼这世上没有贫穷
任何人执政都为百姓
把人民当作衣食父母
身体力行天下为公

三盼这世上没有不公
真理和正义为人们信奉
行善者都能流芳百世
作恶者最终都得到报应

这片土地

曾经生长过什么
走出过什么
不用沧海桑田
仅仅时过境迁
已没有人
认真记忆
尽管他们像
山崖上的石头和
石头上的青苔
一样真实
但它们与他们
似乎不在一个世纪

有人说
忘记意味着背叛
其实，有时候
不知也就是
无知

在海边

在海边，人们很容易会想到一些
与海有关的字眼
比如退一步，比如忍一忍
比如苦海无边，比如回头是岸

但是，在海边
我却这样想
那些退缩的是否都海阔天空了
那些忍让的是否都风平浪静了
那些扬帆远行的是否都葬身海底了
那些知难而返的是否都登上海岸了

大海之大，从不多言
不知是谁附和了这样的观点
世俗的劝导有太多的局限
他们不知道
没有反抗就没有英雄
没有搏击就没有发现

在海上

虽然我胸怀比你广
但是我却不能
像你一样铺展开来
用一种无法接近的姿态
让人们承认我的伟大

虽然我苦水比你多
但是我却不会
像你一样积聚起来
并恣意地形成风暴
将无数风帆击垮

曾经风浪,方知风浪
曾经苦海,才懂大海

在海上,我想
那些惊叹海洋广大的人
心胸一定比海小
那些苦水比海水多的人
胸怀一定比海大

冬　至

当人们皆惊叹冬至的寒冷时
我惊叹于祖先的英明
他们只用二十四个节气
就把人世间的冷暖
全部分清

过 年

红尘滚滚而来
光阴匆匆而去
在新旧交替的节点上
不论平凡抑或伟大
我们荣也过年　辱也过年

三十年前沧海
三十年后桑田
在历史交替的节点上
不论繁荣抑或衰败
我们忧也过年　喜也过年

春后必有冬天
冬后自有春天
在季节交替的节点上
不论喜悦抑或悲哀
我们冷也过年　暖也过年

老的一定老去

小的也会老来
在岁月交替的节点上
不论成功抑或失败
我们甘也过年　苦也过年

石 磨

如果把磨盘比作地球
那么它上面的两盘磨
一定就是太阳和月亮

我们的祖先
有着怎样超人的智慧
能够做出这样的发明
一定得益于仰观天象

就像太阳转过千年万年
依然光芒万丈
就像月亮圆过亏过
依然把夜空照亮

我们，这些地球的臣民
正因为有了它
才能在千百年之后
依然如水，缓缓流淌

拉磨的毛驴

蒙上眼睛　埋头苦干
你的辛苦让人心疼
你的效率让人心酸

如果说你象征什么
你是不是象征过去的中国
五千年后还在原地打转

如果说你代表什么
你是不是代表一种体制
让所有循规蹈矩者
跟自己玩完

陶　瓷

为什么埋进土里
沉到海里，都
千年不烂
那是因为制陶的人
在制陶时
也制进了自己

我遥想，那年代
制陶的人不富也不贵
不可能与达官贵人一样
有传有记
于是只好用一窑陶瓷
来延续生命
好让后人在百年千年之后
能够看清历史
寄托哀思

关于粽子

小时候吃你
与爱国没有关系
缺粮的年代
只记着你的味道
那是童年最好的美食

长大了吃你
与美食没有关系
富足的年代
只疑惑你的心里
还有没有爱国的主题

第四辑

假如有一天我突然死了

假如有一天我突然死了
我希望我不会死得不明不白

——摘自刘西英《假如有一天我突然死了》

假如有一天我突然死了
——有感于毒胶囊等药品食品问题

假如有一天
我突然死了
有谁能够知道
我是——怎么死的

我没有情人
没有吃过二奶的奶
所以不存在让二奶的丈夫
用奶头下毒的方式
高明地杀害

我没有仇人
没有与人争名夺利
所以不存在让自己的对手
用伪造现场的手段
卑鄙地陷害

我也没有致命的顽疾

先天的，后天的
虽然我吃野菜，啃杂粮长大
但总觉得
我比那些喝毒奶长大的孩子
更加可爱

可是，我仍然很担心
也许有一天我会突然死去
因为要活着就不能不吃不喝
生病的时候
那红红绿绿的胶囊
也总要用上一点

假如有一天
我突然死了
有谁能够知道
我是因病，自杀
还是无端地遭人伤害

有人怀疑是苏丹红
有人担心是三聚氰胺
毒胶囊之后
最近不是又生出了一种
含甲醛的大白菜

食品，药品，菜品，果品

有一千种猜测
就有一千种可能
不知这究竟是我一个人的悲剧
还是这一个时代的悲哀

心之毒甚于药之毒
人之祸甚于药之祸
假如有一天我突然死了
我希望
我不会死得不明不白

愿天堂有一件保暖的衣裳
——写给贵州毕节五个为取暖而
闷死在垃圾箱内的孩子

十一月的天还不是很凉
因为那是在南方而不是北方
可是,并不是很凉的天里
没有人知道你穿的是什么衣裳
当暖气涌进小区
华衣走过厅堂

工地上那用塑料布打起的棚子
一定曾给你一点温暖
大街上那臭气熏人的垃圾箱
一定曾给你一缕阳光

虽然你们才十来八岁
但你们都是聪明的孩子
因为当天气变冷的时候
你们知道哪里背风
知道什么东西可以把寒冷阻挡

可是,你们又是可怜的孩子
因为年龄太小太小
你们不知道那里有潜在的危险
也没有人能为你们的安危担当

月儿高高,星儿渺渺
火光里
你们可曾听到爹娘的呼唤
朦胧中
你们可曾看到鬼神的灵光

在人间没有得到的爱
希望在天堂能得到补偿
在天堂你们不会孤独
那里有卖火柴的小女孩会陪你们玩耍
还有安徒生爷爷的童话会伴你们成长

愿天堂有一件保暖的衣裳
它不一定华贵
但穿上至少不会再让你们受凉
你们的爸妈
要么已经在那里等候
要么迟早会从遥远的地方赶来
揽你们在怀,满含泪光

十一月的天已经很凉

天堂里没有南方和北方
人间很冷的时候那里不冷
好孩子,想家的时候请托一个梦
让人人能记起你小小的脸庞

当代四奇案（组诗）

宝马彩票案

明明自己造假
却说别人造假
想一想
这社会有多可怕

古人说
看破世事惊破胆
识透人情寒透心

当我们招摇过市的时候
希望我们开的
不是这样的宝马

麻旦旦案

没抓住嫖客
却把别人当婊子
这是典型的婊子逻辑

就像,没抓住婊子
就把别人当嫖客
这是典型的嫖客道理

处女嫖娼
剥光了文明社会漂亮的外衣
让人看到了她丑陋的裸体

以乱治安
丢尽了法治社会美丽的颜面
让所有的神圣都威风扫地

聂树斌案

文明社会的痒
法制社会的痛

如果把你作镜子照镜子
那这镜子还真就不明了

如果把你当准绳量准绳
那这准绳还真就不准了

如果把你当天秤称天秤
那这天秤还真就不平了

雷洋案

如果苍天还有眼
你就炸一个雷吧
以惊天之巨响
喊出你的悲

如果大地可垂泪
你就流一个洋吧
用动地之苦水
哭尽你的泪

有感于我们的城市改造

就像吴王好剑客
楚王好细腰
我们的一些官僚
对一座城市的颜色
竟然也有特殊的嗜好

当一个人喜欢灰色时
一座城市就灰了
当一个人喜欢黄色时
一座城市便黄了

可叹楼房不会说话
会说话的人都闭了嘴巴
他们热衷于做表面文章
哪管浪费多少民脂民膏

从玻璃大楼下走过

当虚伪的人类
不仅仅把粉擦在脸上
还涂在楼上
我也就把心提到了心上

从玻璃大楼下走过时
我总担心会有一把剑落下来
杀我于无辜
却找不到凶手

古人说
家累千金
坐不垂堂

其实我与富贵没有关系
只是我更加热爱生命
不愿做任何无谓牺牲

等楼房倒掉把我们砸伤

本来是种庄稼的地方,被盖上楼房了
本来是建菜园的地方,被盖上楼房了
本来是留绿地的地方,被盖上楼房了
本来是修花园的地方,被盖上楼房了

本来该建广场的地方
本来该留通道的地方
本来该建学校的地方
本来该修厕所的地方
都被盖上楼房了

如果我们挡不住这世界的疯狂
就让我们挡住那疯狂的欲望
如果我们挡不住这利益的疯狂
就让我们挡住那疯狂的楼房

可是,假如我们什么也挡不住
那就等楼房倒掉
把我们砸伤

我其实就是那片曾经
年年生长粮食的土地

当人的欲望不断膨胀的时候
城市也就开始不断膨胀
虽然这膨胀没有脚
但它却比侵略者的马蹄
更加疯狂
它们不知道坚实的土地
其实也很脆弱
承受不起太多的
钻机钻入
钢筋插入
水泥灌入

当我被住房、库房、商场、超市
全部瓜分，他们
又从别的地方弄来粮食和蔬菜
才得以生存的时候
他们已经忘了
我其实就是那片曾经

年年生长粮食和蔬菜
养他们长大的
土地

我住在廉租房里把世界
想得遍体鳞伤

那年去香港
好像也听过这房那房
但香港最有钱的人
好像都住在一个叫什么湾的地方
那时只想香港虽是中国的土地
但它曾一度属于西方

之前想象西方的文明
应该是富得流水的地方
贫富应该不会有太大的悬殊
却不知有人也住廉租房

不知穷人之于廉租房
是不是一种向往
我住在廉租房里想遍天地
直把世界想得遍体鳞伤

谁能把我们的名字也写进历史

不当皇帝
不搞政治
不刻石碑
不作传记
你说,作为一个普通的人
谁能把我们的名字也写进历史

假如我是一个工人
我一天到晚就摆弄机器
国企改革的时候
我被下岗
从此混入人群,另谋生计
那些骑三轮的摆地摊的
被交警和城管追杀的人群里
也许就有我
但他们只管罚钱
却不会记住我的名字

假如我是一个农民

我从春到秋就耕种土地
当修路的盖楼的办厂的
把我的土地统统拿走
我也就只能靠一点补偿维持生计
农民从此成为农民工
只能为别人出卖苦力
那些搬砖的背石的垒墙的
天天在劳务市场找活的人当中
可能就有我
我们建起一栋栋楼房
修起一座座桥梁
但上面却没有留下我们的名字

假如我是一名战士
那我可能就来自工人之家
或者就是农民兄弟
保家卫国当然是公民的天职
但工人的儿子绝对不想再当工人
民工的儿子绝对不想再当民工
我指望转业以后能有个工作，拿份工资
但是那些看门的保安的巡逻的
他们当中可能就有我
我的名字可能只是出现在一份
聘用人员的名单里

……

不是专家
不懂经济
不写小说
不懂歌诗
你说，假如这世上真的没有救世主
我们还指望谁把我们的名字也写进历史

我吃着自画的馅饼进入小康

种几亩地
打几石粮
养几只鸡
喂几只羊
算一算,农民就成万元户了
他们靠算出的数字进入小康

几千元的工资
几十万的楼房
一辈子不吃不喝
也就有了个睡觉的地方
在城市上班
在城市向往
背着几十年的按揭成为有房一族
他们靠省吃俭用进入小康

几十年炒股
几十年经商
真的曾有人富甲一方

可是，当股票大跌，市场动荡
许多人也就真的一夜赔光
酸甜苦辣，经商人最懂
他们靠一个公司的帽子进入小康

我不种地
也不领晌
经商对我只是个梦想
我在城乡之间穿行
我在贫富之间徜徉
归属在哪只能凭想象
我幻想有地，幻想有房
我吃着自画的馅饼也进入小康

十八楼的老鼠

十八楼的老鼠
不知道它是爬楼梯
还是坐电梯
上去的
当然　也还要想到
它还有攀墙壁
钻空子等一系列把戏

总之
这种习惯在背地钻营的东西
一旦凭借某种外力
登堂入室
达到一定高度
别说发现它的人会格外惊奇
就连它自己也无法克服那种
见不得人的阴暗心理
如果总有一些地方可以藏身
也就罢了
殊不知在十八楼的高度上

在钢筋与水泥之间
倘要生存
还真需要一些硬碰硬的能力

作为一只老鼠
当它准备上楼
攫取更多的东西时
已成为定数的命运
也许它自己一无所知
但是人们应该提醒自己
并明白这样一个道理
十八楼的老鼠
毕竟也还是一只老鼠
当文明升级
丑恶也跟着升级的时候
打倒它
只需要更多的智慧和勇气

第五辑

仰望李白

我可以不伟大
但不可以不崇高

——摘自刘西英《无名花草》

仰望李白

一首静夜思
把乡愁写尽
一篇蜀道难
把前途写远
一句黄河之水
把希望写绝
一曲将进酒
让你成为诗仙酒仙

没有刻骨铭心的相思
谁能把月亮写得如此凄寒
没有行路难的体验
谁能把无望写得如此高远
没有空前绝后的失落
谁能把镜子写得如此心碎
没有超凡脱俗的襟怀
谁能把烧酒喝得如此灿烂

千古一人

千古一愁
千古一诗
千古一仙

今夜举杯
在明月中找你
因为看不到你痛饮的影子
所以只能发出
这千古一叹

我珍爱我的赞美胜过金钱

我珍视我的赞美
胜过珍视我的金钱
因为我知道
钱花了还可以再挣
挣回来后,它还是钱
而赞美
舍出去就收不回来了
如果把它给了道义
当然适得其所
如果给了邪恶
则是助纣为虐

无名花草

没有竹的挺拔
没有兰的俊俏

漫山遍野开放
却是无名花草

虽是无名花草
却有自己的信条——

我可以不伟大
但不可以不崇高

诗的思想

所有司空见惯的花鸟
或者虫鱼
它们已没有什么希望
日月江河或者湖泊
也都是老掉牙的形象
在这个看上去东西很多
人也很多
但却只有一个我的世界上
我不知道该选择什么
作为意象
才能在某个时刻
像晴天霹雳
午夜阳光
让你心底一惊
或眼前一亮
不禁感叹这世界
物与物灵性不同
人与人差别也太大
无法模仿

西北风宣言

还需要再来一场
东西风之争吗

如果不能做春风吹开花朵
就不妨做秋风吹走落叶
如果不能做南风送来清凉
就不妨做北风送来冰雪

这世界,干净的总干净着
纯洁的总纯洁着
就像,这世界
肮脏的总肮脏着
邪恶的总邪恶着

如果不能化干戈为玉帛
就不妨化玉帛为干戈
如果不能让该死的去死
就永远无法让该活得好活

致十五的月亮

缺是缺得太久了
圆却圆得这般丰满
多像一个潇洒的句号呀
摘下来
加在残缺的昨天的后边
想必人生又告一个段落
生活又面临一个新的起点

漫漫长夜
没有对缺的畏惧
未来日子
总记得还有这样一个
完美的夜晚
只要有这样一个夜晚
一切便都够了
三十缺比一圆
不苛求不计较
试问谁能如你这般

无怨无悔
无悔无怨
你在自己选择的长路上
经冬历春
苦苦追求
又默默承担
很少有人能读懂你呀
而读懂你的人
将升上蓝天

异样的

异样的我
用异样的眼睛
看着这异样的世界
异样的世界
给了我异样的素材
我用异样的手法
加工成异样的文字
目的是给异样的人们以
异样的姿态
假如我的异样的襟怀
会受到人们异样的青睐
异样的灵魂都变得
异样起来
那么
异样的我
一定会感到
异样的愉快

只我例外

地球总是自西向东
不停地旋转
江河总是自高向低
不停地行走
一条戒律
星星永远被挂在天上
鱼儿世代在水中腐朽

只我例外
暴风雨里能晒太阳
闭上眼睛
依旧可以安全通过
十字路口

用腿走路可不要摔跤吗
我之举步
向来用头

努力长成一棵大树

假如你只是一棵小草
就一定有人会践踏你

假如你只是一朵小花
就一定有人会采折你

假如你只是一棵小树
就一定有人会摇动你

所以　要努力长成一棵大树
让风吹不动　雨打不湿

不仅让人在树荫下乘凉
同时还把你深深地仰视

煤

因为被埋没得太久
所以一旦出头露面
就表现得非同一般
不仅能驱走严寒
还能把钢铁烧软
如果有人表示羡慕
那么我问你
谁能像我一样
一次在地下
沉默几千年时间

天蝎座

地有地蝎，天有天蝎
看来恶毒的东西
已经充斥了所有
人类能到的地方

幸运的是
星相学家把我划入天蝎座
只是个象征，而我本人
不代表邪恶，只代表善良

玉

也许已经被埋没千年
但还是无法与金子比肩

想当初我们都在地下
是不同的际遇给了我们不同的容颜

朝代可以更迭
日月可以更天

可我只有一生,等不上轮回
此生错过,就是永远

山海棠

寂静的山野
灿烂地开放
全在不乎有没有人欣赏

一棵小草
尚是大自然的神奇造化
何况你
一树开出万朵花香

对溶洞的另一种解读

据考证,在自然界,溶有二氧化碳的雨水会使石灰石构成的岩层部分溶解,使碳酸钙转变成可溶性的碳酸氢钙,并最终形成景观各异的溶洞。

如果没有地下水的溶蚀
也许,纵使再过千年万年
那如石灰岩的我
仍然会保持着原来的质地

你说不得过去的非
一如说不得现在的是
当外力一天天将我改变
我只需明白,我是否需要保持自己

当然,如果水是邪恶的象征
那一定是它将我陷入不义
如果水是正义的化身
那一定又是它将我写进传奇

但是，人生之难
往往并不在这里
最难的莫过于戏已开始
却不知道结局

假如我们生而为岩
又有可以自由选择的权利
那么，我们的人生
将会创造多少奇迹

历史或者与众不同

如果我拥有一片土地
我就可以在土地上耕耘
不缺粮食的年代
我不会在地里种庄稼
我可能去种一种花
许多人不认识的花
但不苛求它结果
让人辱骂 或让人惊讶

如果我拥有一条河
我就可以在河边玩耍
缺水的年代
我不会在河里游泳
我可能只在河里取一瓢水
洗去困乏
把其余的水留给下游 哪怕是鱼虾

如果我有一方天空
我就可以在空中飞翔

有鹰的年代
我不会去做一只鹰
让善良的鸽子受到惊吓
我可能只是放飞我的思想
就像漫天灿烂的云霞

可是
如果我什么也没有
我就可以无牵无挂
在土地边流浪 在河流边徜徉
我就可以天不怕地不怕

因为我知道
生在大地上的人可能没有土地
就像在河边行走的人
可能没有一朵浪花
拥有的时候
我不会只是发号施令
没有的时候
我会努力去造一段神话

存 在

日来天明
月来地明
春来花开
秋去叶败

伟大的存在从不辩解
它让一切语言
都变得苍白

悟　禅

也许是草木把世界理解成了草木
所以才成为草木
也许是江河把世界理解成了江河
所以才成为江河

也许是星星把世界理解成了星星
所以才成为星星
也许是云朵把世界理解成了云朵
所以才成为云朵

还有山川，还有日月
还有高尚，还有卑劣

我没有强者理解的那么强
也没有弱者理解的那么弱
我是把世界理解成了不止我一个
所以才有了我
并且有了这世上的一切

第六辑

哭泣的诗歌

我在把苦难转换成美好的同时
自己也逐渐磨损,慢慢消失

——摘自刘西英《我是一台诗歌转换器》

哭泣的诗歌

过去,我是一个古色古香的女子
有韵律,有对仗,有平仄
所有爱我的人都必须接受我的挑战
所有为我钟情的
也都征服了我的苛刻

而今,我是一个面目全非的女人
无外在,无内在,无规则
所有我爱的人都在挑战我的底线
所有登堂入室的
也大都是假冒伪劣的货色

我是一首哭泣的诗歌
不知道现在还有多少人懂我
假如有一天我绝世而去
记着,那不是我乐于自寻短见
而是因为你们对我已恩断情绝

我是一台诗歌转换器

牛吃野草
挤出来的是牛奶

我吃五谷
写出来的是诗歌

其实,我的功能远不止如此
我还吃愚昧,吃贫穷
吃一些不公用于养生

我是一台真正的诗歌转换器
在把丑恶转换成美好的同时
自己也不断磨损,渐渐牺牲

想起写诗

想起写诗
我就要疯了
因为现在的诗人
比天上的星星还多
如果不是宇宙广大
该把他们往哪里安放
他们看上去个个闪光
却不知道光在什么地方

梯子上的人

借梯
固然可以登高
但站在梯子上的人
空间的高度
却不一定是他思想的高度
这个比方
有点像诗人写诗
大玩玩思想，小玩玩技巧
他们不知道
那些靠词语铺垫起来的诗
像搭了梯子
一旦抽去思想
便如同僵尸脱了华衣
田野长满荒草

关于炼词

我不知道这世界上
有没有一个词比我大
就像脸面大于眼睛
胳膊大于手掌

当诗人们都试图用一个词
把自己写得高高在上
我却发现
他们的词其实都小于句子
句子都小于思想

就像
月亮都小于太阳
浪花都小于海洋

选择写诗是个错误

用五车学富
写几句分行的文字
人皆称我为诗人
可我不敢以诗人自居

倾半生积蓄
出几本诗书
人皆称我为名人
可我不敢以名人自居

可怜的诗人
诗要自己写,书要自己出
实话不敢全说
真情不能全抒
该骂的不敢大骂
该怒的不敢大怒

说什么婉约豪放
说什么理想现实

诗人自救尚且不能
何谈什么救世主

选择写诗是一个错误
这一世的痛痛在骨里
如果不能做到嬉笑怒骂皆成文章
下辈子我情愿选择去种地
为饥饿的人多生产点食物

刘氏定理

其实，如果不是写诗
许多所谓诗人的名字都可以忘记
而记忆，并不是因为他们伟大
恰恰是因为他们没有价值

这就像一个主妇
如果不做饭
她完全可以忘记柴米油盐
就像一个农夫
如果不种地
他完全可以忘掉锨镢锄犁

这世上
大约有一个规律——
越是想让人记住的
往往越容易被人忘记
越是貌似深刻的
往往越是浅薄无知

这个发现应该有普遍意义
如果要命名
完全可以叫——
刘氏定理

我想发明一台读诗的机器

由一行一行地读
到一本一本地翻
因为我想穷尽天下诗歌
并且分出高下优劣
所以我像一位探险家
在诗的王国里穿行
不仅天天面临文字画皮的诱惑
还有随时掉进意象深渊的危险
由此
我就想发明一台读诗的机器
就像榨汁机
并且可以浆渣分离
这样
我就可以把所有的诗集和杂志
一捆一捆地扔进去
然后看能榨出多少香醇的果汁
同时挤出多少渣子
从此,不仅可以省下阅读那些破诗的

时间
也不再浪费我对诗的
深厚感情和崇高敬意

我们连个脑瘫的女人
都不如还狂什么狂
———读余秀华诗有感

一级又一级的协会
是否就意味着一个在一个之上
一种又一种的杂志
是否就标志着一层又一层的荣光

当一个脑瘫的女人在一夜之间
让洛阳纸贵
我们真的连个脑瘫的女人都不如
还狂什么狂

睡过多少女人或男人你不敢讲
不敢写男人的阴茎与女人的乳房
对时代的变迁熟视无睹
对大众的苦难没有担当

把诗写得像一个鼻孔呼出的气
没有道义没有感情没有思想

玩着谜一样的文字醒着像做梦一样
没有一点阳刚之气却像太监一样自我欣赏

当一个脑瘫的女人把诗写得正正常常
我们却把诗写的像脑瘫一样
我们真的连个脑瘫的女人都不如
还狂什么狂

我想发动一场诗的核战争

弦断,未必有人会听
听了,也未必有人会懂
当积贫积弱的文字只会书写无能
我真想发动一场诗的核战争

不记事的,让他记事
不心疼的,让他心疼
有醒着的,把他炸醉
有醉着的,把它炸醒

浅薄的地方,炸一次也许会深厚
污浊的地方,炸一次也许会清明
坎坷的地方,炸一次也许会平坦
荒芜的地方,炸一次也许会寸草不生

独裁与专制不会自毁
除非来个一击致命
民主与法制不会自降
除非会来一个绝处逢生

我坚信伟大的思想无处不在
无处不在的还有自由的心灵
当肉体在尘世中万劫不复
它将在宇宙中获得永生

写怎样一首诗才能惊天动地

乡愁让李白写完了
离愁让杜甫写尽了
清白让屈原带走了
真相让鲁迅揭穿了

没有走过南方的雨巷
没有遇到涅槃的凤凰
没有把大堰河当成保姆
没有走过甘蔗林与青纱帐

长了黑眼睛未必能找到光明
因为卑鄙和高尚已经被人们忘记
也想说一声祖国呀我的祖国
但丢了钥匙的我却只能在门外哭泣

在黄河上撒尿未必有点玩世不恭
穿越大半个中国去睡你多少也还有些诗意
可怜那些浑浑噩噩的，可叹那些吵吵嚷嚷的
他们连自保尚且不能，又如何去拯救尘世

说怎样一句话才能动地惊天
写怎样一首诗才能惊天动地
当积贫积弱的汉字一次次被人蹂躏
我无法在人间创造传奇

讨论诗歌韵律时
我正在接一桶泉水

当我拿着手机与诗人们谈论韵律时
我正排着长队
在据城市很远的地方接一桶泉水
哗哗啦啦

我容得下城市，容得下繁华
却容不下污浊的空气和嘈杂

因为怀念小时候在乡下喝过的泉水
所以我常常到很远的地方去拉它

我用它像浇花一样浇自己
为的是让自己写出的诗歌
能在城市一隅
纯净地开花

做饭做出来的诗歌

一连上几天班
有点累也有点烦
想想这样再过一千年也未必神圣
星期天,打开微信
看见大家都在写诗
我干脆开始做饭
就当烹调我的伤感

洗菜时,我这样想
不粘土的诗歌不一定就纯净
烧油时,我这样想
像辣子一样的语言不烧一下
还真不呛眼

炒菜时,我打开烟机
把家里的油烟都排到外边
忽然感觉有点像诗人写诗时
总爱把自己的情绪都排到
诗的里面

我喝一碗稀饭,吃两个馒头填饱肚子
想象这样也许会让诗歌免受饥寒
饭毕后,我用拖把拖去自己留下的脚印
就像留一块干净的屏幕让大家发言

当然,汤足饭饱后
我还要发表一下做饭感言
那就是——
若要成就伟大
必先习惯平凡

能写诗说明你活得很幸福
——给打工诗人许立志

一

你打工,别人也打工
在机器轰鸣的车间里
那些嘈杂的声音
一定是率先穿过你的耳鼓
然后才向别人飞去
因此它伤了你
却减少了对别人的
杀伤力

那些胖的瘦的
那些俊的丑的
你知道他们每天都在想些什么
也知道他们每天都怎样作息

同样的天空

同样的城市
同样的空间
同样的机器

在梦想与现实之间
当别人还在坚守的时候
你却坚持不住了
于是，一语成谶
但你省下的骨头
却没有变成充盈的粮仓
让别人饱食

二

诗是一种多么高贵的东西
当汽车在路上堵
人流在工厂里挤
当走在外边的人都渴望回家
坐在家的人却觉得平淡无奇

当钱少的因钱少犯愁
钱多的为钱多担忧
你看，你是多么坦然地面对
你看他们的生，看他们的死
把他们的哭哭啼啼全都写到你的诗里

能够写诗,说明你活得很幸福
哪怕这幸福是悲伤的另一个层次
只可惜,你写他们的悲,写他们的喜
他们全都一无所知

直到有一天你坠楼而去
他们才围着你
为一个生前还不曾成名的诗人
发一两声轻轻的叹息

三

从故土走来
你用你的方式
看完了这个城市
当你坐上文明的电梯
你终于看到了
那些送葬的人
分明就是在送你

你这个漂泊在城市的霓虹灯下的古人
我想你走的时候
头上一定还戴着斗笠
眼睛里一定还藏着许多好诗
可你为什么要把离去的日子选在

我们伟大祖国的生日
告诉我
究竟是巧合
还是另有别的含义

爱我就请离开我
——读野夫小说《1980年代的爱情》

如果像那些蝇营狗苟的人一样
蝇营狗苟地活着
你说，这世上除了多一副装满烂肉的皮囊
再能多出什么
世俗的爱情一般都讲究对称的原则
爱就要得到，爱就要回报
可我对于你
却是例外

如果你爱我
就请你离开我
去你该升的地方升起
去你该落的地方降落
去写好你自己的日记和历史
不要让别人写得歪歪斜斜

时代的列车载我们前行
它稍一晃动

就会有许多人从上面跌落
如果他们都觉得自己不幸
你说,那些一辈子都赶不上火车的人
怎么活

爱我就离开我吧
我肉体的香只一次让你吃够
我灵魂的爱将永远为你守着
如果有一天你听到我离去的消息
能回来看我
那坟头长出的绿草
都是我唱给你的最好情歌
——你懂的

我要在延安打一场
中国新诗保卫战

我感到中国新诗所面临的形势
有点像当年日本鬼子进犯中原
我诗的祖国正在沦陷
所以,危急关头
我不得不站出来
在延安打一场中国新诗保卫战

必须再住一次陕北的土窑洞
必须再吃一次延安的小米饭
必须再登一次庄严的宝塔山
必须再看一次中国版图彻夜不眠

我知道伪诗人那些惯用的手段
我知道伪诗歌怎样贴上了正规军的标签
我知道哪些人背弃了东方的文脉
我知道哪些人当了文化的汉奸

我要像毛泽东一样运筹帷幄

我要再写一首《沁园春》来指点江山
我要像毛泽东一样设兵布阵
我要把浅薄低俗的诗人打得心惊胆战

这是一场没有硝烟的战争
但同样也是一场持久恶战
紧迫的形势不容我思前想后
天生我才，必须冲锋陷阵，改地换天

我要以陕北为根据地
带领文化斗士东渡黄河再上前线
我要将新诗革命进行到底
让全世界听到另一句豪语壮言

第七辑

延安断想

这样的人不得天下谁得天下
这样的人不坐江山谁坐江山

——摘自刘西英《延安断想》

延安断想

握一支秃笔,抽一支旱烟
在开满裂缝的土窑洞里
点一盏油灯,写论持久战

一边作战,一边垦田
围一堆篝火翩翩起舞
吃小米饭、喝南瓜汤以苦为甜

不比飞机,不比炮弹
比正义与邪恶孰长孰短
用雄才与大略与敌人周旋

同甘苦,共患难
挽着裤腿和袖子
与人民群众手手相牵

不怕流血,不怕流汗
忍饥受寒矢志不渝
抽筋断骨信念不变

这样的人不得天下谁得天下
这样的人不坐江山谁坐江山

一切反动派都是纸老虎
——写在毛泽东与斯特朗谈话的地方

从沙皇说到二月革命
从希特勒,墨索里尼
说到美帝国主义以及
国民党的八百万大兵
一个很少走出国门的人
怎么就看透了天下
料到真理和正义
一定掌握在人民手中

一切反动派都是纸老虎
当一个穿着补丁衣服的中国人
向一个从大洋彼岸过来的外国人
论证中国必胜、人民必胜的时候
不知道那个碧眼金发的外国人
表情是不是十分淡定

需要有怎样的一双慧眼
才能把种种阴谋看穿

需要有怎样的胆识
才能说出这豪语壮言
就这么一句话
足以让敌人心惊胆战
就这么一句话
足以让世界地覆天翻

去枣园,去看毛泽东

就因为那里有一孔
普通的窑洞
就因为那里有一盏
普通的油灯
就因为那里有一个
普通的人物
所以,我才去
去枣园,去看毛泽东

就因为那孔窑洞
是一个典型
就因为那盏油灯
是一种象征
就因为那个凡人
也是伟人
所以,我才去
去枣园,去看毛泽东

就因为窑洞终归是窑洞

就因为油灯终归是油灯
就因为伟人也终归是人
所以，我才去
去枣园，去看毛泽东

主席住过的窑洞

漫长的黑夜
窗棂里钻进的风
是如何吹动了你的油灯
又如何摇曳了你的身影
其实不用考证
只需问问裂缝的墙面
便可以知道

呛人的旱烟
如漫天的乌云
它是如何被你吸入胸膛
又如何吞出来
慢慢地烟消云散
其实不用想象
只需看一下你的目光
便可以知道

不同的装备
悬殊的较量

打败了日本
又与国民党摆开战场
100万比800万
打着打着
国民党怎么就溃败了
其实用不着论证
只需问问人民群众
便可以知道

在延安
参观主席住过的窑洞
其实许多问题都有答案
只是我们太容易忘记
常常在不学无术的路上
走得太远

小青马传奇

据说，一次行军中
主席发现马蹄掌掉了
就下来牵着马步行
小青马响鼻扑扑
当时好像很受感动

据说，一次作战中
小青马在一个山崖前骤停
人们不解其意
多次拍打都无动于衷
不一会，一架"红寡妇"战机掠过
因为山崖遮挡
敌人的飞机扑了个空

从延安到北平
小青马从此离开主席
也远离了战争
据说，1962年
小青马临死前

曾对着中南海发出嘶鸣
不知是向席道别
还是要主席保重

主席住过的村庄

其实只是黄河岸边
一个普通的村庄
隔河而望，暮色中
似乎还能听到对面
传来的枪响

因为移民搬迁
这里的人已远走他乡
只有一个留守的老者
还能回忆当时的一些景象
他说主席来的那天是个下午
从山西那边渡黄河过来
跟着的人都背着枪

主席住过的土窑已经废弃
满地的蒿草如满地的忧伤
只有院子里一个小供桌上
还留一丝淡淡的烟香
证明主席住过的地方
从未荒凉

主席塑像

用尘世之身
绝世之情
仰望你的塑像所生的敬意
竟然胜过许多
所谓活着的伟人

在这里
空间的高度
也是思想的高度
走过时空
你用一种无言的方式
证明了一个朴素的真理——
伟人
不是自封的
而是人民承认

对于那些
喜欢修庙塑神的
我想

他们是不知道什么叫伟大
当然更不知道什么是崇高

不是吗
心里没鬼的人
怎么会怕鬼
心中有神的人
又何必去敬神

致延河

有一支歌把你唱得很清澈
有一首诗把你写得很晶莹

一条流着美好传说的河
一条映着伟人倒影的河

一条装着隆隆炮声的河
一条印着革命传统的河

多少次走进我五彩的梦呀
多少次听到你深沉的呼声

今天　站在你的身旁
熟悉的身影怎么变得这般陌生

你的清纯的倩影呢
你的嬉戏的童声呢

垂下想象的钓竿

拽起历史的网绳

我捕到一颗失落的心
很重　很重　很重

延安,我来到了你的怀抱

曾用童年五彩的梦幻
为你编织神圣的花篮
曾用成人探寻的双眼
把你的功绩——阅览

多少次神游延河水呀
多少次吟唱山丹丹
多想看一看蓝花花呀
多想访一访刘志丹

没有身经百战的将士的豪壮
没有建国勇士的头衔
没有故人重游的感慨
只有第一次登临的庄严

我与宝塔山握手言喧
宝塔为我把历史指点
新中国那轮鲜红的太阳
是它托起光照人寰

看过杨家岭又拜见枣园
满腔热血被一盏灯点燃
中国从黑暗中起步的时候
它一直照耀在前

最后在烈士陵园驻足
眼前又腾起战火硝烟
一抔黄土葬一位忠魂
一段碑碣寄一腔思念

延安有太多光荣的历史
有太多的儿女心向延安
今天我来到了你的怀抱
延安呀，我要用五彩的巨笔
把你的名字写上蓝天

跑马梁随想

谁说这是一片连绵起伏的黄土
我怎么觉得这是欲静不止的
惊涛骇浪
浪涛中的跑马梁像一艘航母
在航母上疾驶的不是飞机
而是骑马射箭的花木兰姑娘

本是绣花织布的好手
却要女扮男装奔赴战场
战争夺走了多少年轻的生命
侵略让多少家园变得荒凉

在这里,我以一个七尺男儿之躯
向你致敬
耳边仿佛又听到了马蹄的声响
我希望,你的故事从此只是一个传说
未来的战场,永远都有英雄的儿郎

谒刘志丹陵

出身平民
不一定就能成为群众领袖
就像成为英雄
不一定都要经过战争洗礼

没有群众意识
就是讨过荒，要过饭
也许还会把群众背离

没有英雄情怀
就是上了战场
也一定不会舍生忘死

刀枪说

这是一些生硬的家伙
无心无肺
任你说什么样的语言
也无法写得十分出色

如果用于狩猎
那可能是麋死鹿绝
如果用于决斗
那可能是你死我活
如果用于谋杀
那可能是人头落地
如果用于战争
那可能是血流成河

虽是没有生命的东西
却真有正义与邪恶
刀和枪的故事只能用刀枪来讲
刀和枪的道理只能用刀枪来说

狼和羊新解

我们惯于把狼和羊的故事
讲成邪恶与善良
其实
弱肉强食的定律
并不仅仅发生在狼和羊身上
大鱼吃小鱼，小鱼吃虾米
同样的吃与被吃
怎能说谁更邪恶谁更善良

如果你是一只羊
被狼吃，就是最终的下场
如果还在狼身上寄托希望
那会死的更加悲伤
因此，如果不想被吃
方法只有一个
那就是长成雄狮
把豺狼吃光

马蹄声声

说远很远
就像古代和现代
远在一百多年前
远在欧洲西部,大洋彼岸
几匹野马
踏坏了一片土地
一个春天
一个家园

说近很近
就像冬天和春天
近在东海南海
近在海峡两岸
也许三年左右
也许十年之间
这一次
会有多少人放马过来
尚难预料

但我想，这一次
也许他们都到不了
圆明园

山丹丹

其实
不论说红
还是说艳
你都算不得花中之王
——山丹丹

同样
不论秀颀
抑或丰满
你也不见得就能夺冠
——山丹丹

可是
名花千千
好花万万
你却赢得众口称赞
——山丹丹

究竟什么原因

其中有何机缘
请问　是不是近朱或近墨
才划开了伟大与渺小的界线
——山丹丹

第八辑

请让我用一生的时间来把你遗忘

如果你不知道一个人
要用一生的时间
来把另一个人忘记
其实是这个人早已走到
另一个心里
那么
请让我用一生的时间来把你遗忘

——摘自刘西英《请让我用一生的时间来把你遗忘》

请让我用一生的时间来把你遗忘

如果云不在天上
你说,是云把天遗忘
还是天把云遗忘

如果帆不在海上
你说,是帆把海遗忘
还是海把帆遗忘

如果花不在风上
你说,是花把风遗忘
还是风把花遗忘

如果我不在你心上
你说,是我把你遗忘
还是你把我遗忘

如果你不知道一个人
要用一生的时间
来把另一个人忘记

其实是这个人早已走到
另一个心里
那么
请让我用一生的时间来把你遗忘

给所爱

走在人生寂寞的路上
你是装饰寂寞的花朵
春天里我是吹你的风
点头摇头由你选择

假如你能点一点头
我将带你一同跋涉
假如你要挥一挥手
我将从你身边走过

爱情是个圆

转过身
我用脊背与你告别
你也就背对着我
勇敢地走吧
不要为一时的违背遗憾

只要你的路走得直
当你走过海走过山
走过地球这个艰难的圈
你就会发现
今天的背对背
正是明天的
脸对脸

爱的领地

不是谁先来到这里
你我必须同时到来
我先来这里没有你
你先来这里不叫爱

而离去的定义呢
不论你先
抑或你后
那都是
悲
哀

等

不必说你爱我有多深
只需说你已把美丽的清晨
等成了流血的黄昏
温柔的眸子等成了
闪烁的星星
明朗的心境
等成了疑惑的天空

有许多许多都随梦而至
还常常吟咏帘卷西风
这样我的模糊的日子
就会变成清晰的岁月
简单的地平线
就会被等成复杂的风景

我们彼此都等过希望
等过失望又等来希望
我们彼此都等得爽爽朗朗
朦朦胧胧

这样上帝就会被感动
搬走挡我们的山
斩断阻我们的河

这样我就会来到你身边
如牛郎
你就会来到我心上
如织女
而牛郎织女
不论在天堂在人间
都相依为命

爱 你

悄悄地
悄悄地
从远处走来
在你紧闭的门外
别上一束花
别上一束花
可是不说一句话
在梦里也盼望你
开门
开门
不是先拿那束花
而是先说一句话

心的花园

并不是所有的人
都能造访
我心的花园
有道道围墙

想进来
请首先用心
换几张门票
不然
那超凡的美
那脱俗的香

即便在西风中
徒徒谢了
也不会为你
轻易开放

致太阳

江流之势
远没有我对你的
挚爱之情
七大洲四大洋
都满了
心中依然有
浪涛奔腾
你的温暖的爱抚
磁石般
引我
追求上升
及至
在空中
我不怕雷的攻击
闪的鞭痛
跌倒立起
跌倒立起
梦里犹想着
就在你怀中
就在你怀中

思 念

拿起笔
在信笺上点一个
点
然后围着它画出
一个又一个
同心圆

这就是我对你的思念呀
你之于我无处不在
以你为中心
想你想得无边无际
爱你爱得
盖地铺天

槐林意象

那是你纯情的目光
在盛夏时节撑出的阴凉

自从那次你领我进去
就再也没有出来

一只流浪的鸟儿
要在这里筑巢了

风风雨雨
那是他平安的家

沉沉浮浮
他使你如诗似画

河的诉说

我原是一片沉睡的冰雪
是爱的温暖唤醒了我

当我迈开步子前去寻觅
爱却不知躲进哪个角落

我从高原上一一走过
走过草原又走过沙漠

在路的尽头我找到一片大海
投身大海化作浪潮仍不甘寂寞

爱究竟在哪里呢
假如途中不曾错过

那么这寻找的本身
也就是爱吧

别

不要说什么理由
不要找任何借口
抛下我大胆地走吧
记住永别回首

不要怕我会在昨天站得太久
要时时留心脚下的险流
苦难并非全属于昨天
幸福并非全都在前头

天鹅的故事

当我听说你喜欢天鹅时
我知道
天鹅就是你了
美丽善良纯洁

当你送给我一只白天鹅时
我知道
你已经许给我了
知我懂我爱我

天真单纯幼稚
我还知道
那天鹅虽有翅膀
却不会飞去

可悲可歌可泣
我不知道
没有翅膀的你
却离开了我

角 色

她说她渴望与我
演一幕剧
并甘心把主角让给我
说她听着
唱她听着
哭她听着
笑她听着

而我
却跟着你上了舞台
并情愿作了你的配角
喜我记着
怒我记着
哀我记着
乐我记着

花树的心思

谁说
花开过了便不再开
你看,哪一个春天
它不以最美的姿态
等待这个季节的到来

纵然一千次的凋零
就是一千次的无奈
但岁岁年年
它总是依然如故
痴情不改

有谁懂得这花树的心思
有谁明白这花树的情怀
风里雨里,它开开落落
其实就是为了一个约定
哪怕那个与它约定的人
永不归来

情人节寄语

如果我不能从灿烂的天空
为你剪一片五彩的云霞
把你装扮得如诗似画

那么,今天
我也就拒绝去买一朵玫瑰送你
以显示我的虚荣真心或者伟大

我坚信
真正的爱一定都在彼此心里
当人们惯于用世俗的方式来表达时
我们却不需要多说
一句话

因为爱

如果
做春风吹开花朵
是因为爱
做秋风吹散落叶
是因为不爱
那么
茫茫人世
是不是还有另一种爱
与此相反
叫做
不爱却厮守
相爱才离开

当然,这样的爱
绝对不是一般的爱
一般的人
也绝对没有
这样的情怀

懂 你

窗帘与暮帘一起低垂
室内与室外,体内与体外
同时弥漫美妙的黑
世界虽然喧嚣
但在某个特定的时段
不论外面多么嘈杂
我总能听出你到来的脚步声

只要用心对一个人
总能把一个人与另一个人分开
就像两片相同的树叶
只要上升到专家的层面
总能发现它们差别的细微
而你,与别人
实在比两片同树的树叶
差别更小
如果我不用心
那属于你的秘密
就永远无法知道

烂 漫

当你惊羡于
五颜六色的花
在自然界
烂漫一春时

我期待着
永不改变的你
能在我生命里
烂漫一世

另一种富翁

如果不能留住你的人
就让我留住你的心
如果心也留不住
那就让我留住你的一些遗物
哪怕只是一张信笺,几行文字
或者是一方纱巾,一份小礼
这样,百年之后
我就能把它当成文物
用天价拍卖
成为富翁
以此来弥补失去你后
我坚守了一生的
清贫

爱是不会忘记的

你是太阳
除非我不生活在白天
否则我将沐浴在你的光辉里

你是大地
除非我能腾空而去
否则便注定与你相依

你是天空
除非我能从空中消失
否则还是离不开你

你还在天空之外吗
哦亲爱的
天空已到顶了
爱是不会忘记的